KB080530

사람을 훔쳤다

사람을 훔쳤다

김종우 시집

시인의 말

경주마처럼 그저 오다 보니 먼지투성이다.

지금까지 한 것이 없다.

어쩌다 이 자리
내 가족 내 이웃 내 동료들과 함께 했기에 가능했다.

지금처럼 앞으로도 그렇게 시 찍고 사진 쓰며 살란다.

차 례

● 시인의 말

제1부

나락 익는 냄새 ──── 14

사투리 ──── 15

그곳에 가면 ──── 16

숨바꼭질 ──── 17

나락 ──── 18

뭐는 쉽냐 ──── 19

변변한 변 ──── 20

팽목항 ──── 21

하는 일 ──── 22

내 탓이요 ──── 23

목구멍이 포도청이라 ──── 24

엄마 손 ──── 25

그냥 ──── 26

밤마다 절로 가는 사내 ──── 27

불확실한 세상 ──── 28

살다 보면 ──── 29

아들아 ———— 30

섬 ———— 31

안개 ———— 32

세월이란다 ———— 33

끝난 방학, 밀린 일기 ———— 34

세상살이 ———— 35

그게 사람이란다 ———— 36

마음 안으로 ———— 37

정이랍니다 ———— 38

민들레 홀씨 하나 ———— 39

커가는 소리 ———— 42

알 수 없어요 ———— 43

아들아 ———— 44

연필네 식구들 ———— 45

비 오는 날 ———— 46

낡은 것은 다 요란하다 ———— 47

똑같이 보고 다르게 말했다 ———— 48

봄, 출석부 ———— 49

제2부

우리는 ──────── 52

겨울나무 ──────── 53

사랑 1 ──────── 54

해찰하다 ──────── 55

배추 ──────── 56

가을 향기 ──────── 57

빈 산 ──────── 58

참꽃 ──────── 59

가을엔 ──────── 60

꽃은 1 ──────── 61

꽃은 2 ──────── 62

꽃은 3 ──────── 63

봄바람 ──────── 64

사랑 2 ──────── 65

제3부

자기 죄 ——————— 68

아름다운 사람 ——————— 69

가을 단풍 ——————— 70

삶류 작가 ——————— 71

곳간이 큰 아줌씨 ——————— 72

두화마을 와초 ——————— 73

전일갑 풍류전 ——————— 74

행복한 여자 ——————— 75

자석 같은 사람 ——————— 76

가슴 설레게 하는 사람 ——————— 77

꽃피는 느낌의 사람 ——————— 78

가을 냄새 같은 사람 ——————— 79

소중한 사람 ——————— 80

성은 마, 이름은 누라 ——————— 81

홀로서기 ——————— 82

엄마가 된다고 ——————— 83

엄마가 아프다 ———— 84

통한다는 거 ———— 86

언제부터 ———— 87

백팩이 유행하는 이유 ———— 88

인연 ———— 89

비언소 ———— 90

현상수배 ———— 91

인생 곡선 ———— 92

노을 ———— 93

마당 소극장 ———— 94

탐미주의자 ———— 95

눈물 나게 서러운 꽃 ———— 96

봄비와 새싹 ———— 97

잊지 않으마 ———— 98

어떤 사랑 ———— 99

너만 모르는 갑다 ———— 100

서정춘 ———— 101

선생님 나이는 장난꾸러기 ———— 102

그땐 몰랐지 ————— 103

푸짐이 아줌마 ————— 104

4월의 눈 ————— 106

살구 ————— 107

가오리연 ————— 108

정 ————— 109

김종우의 시세계 | 최준 ————— 112

제1부

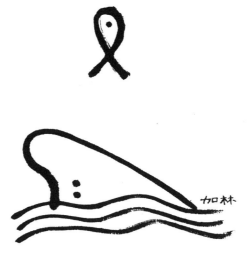

나락 익는 냄새
— 삼천궁녀를 추억하며

참새 떼만 남아
무어라 지껄이며 날아오른
역사가 깊게 누운

황산벌

눈감은 지 오래된 궁녀들의
젖무덤은 아직도 풍만하다

잠은 깊으나 젖샘은 마르지 않아
능 속까지 뻗어 내린 실뿌리

젖내 나는
낟알을 익힌다

사투리

할머니는
밤이라
가르쳐 줬는디
선생님은
뱀이란다

그곳에 가면

그곳에 가면
머루알 같은
남도의 까망 사투리
수수 이삭 서걱이듯
조잘대던
그리운 사람

숨바꼭질

머리는 감췄는데
꼬리는 드러나 있다
내 눈에 안 보이면
없는 것이고
내 눈을 가리면 세상이 다
가려진다고 믿는 사람들
눈 가리고 아웅 하기
꼭꼭 숨어라 머리카락 보인다

나락

그냥
낟알 하나라
말하지 마라
아버지의 아버지
그 아버지의 아버지 때부터
지켜 온 한 덩어리
삶이 여물었다

뭐는 쉽냐

이대로는 안 된다
도대체
왜들 이러십니까
미봉책
사후약방문
백년하청
열 길 물속은
알 수 있다 해놓고
거짓말
한 치 앞도 안 보여
수색이 어렵다고
야~ 뭐는 쉽냐

변변한 변

매우 더럽고
매우 부드럽지 못한
그러나 매우 우아한
변변찮은
똥 이야기

똥도 지대로
못 싸는 것들이

변변한 변
한 번 싸보지도 못한 것들이
변변치 못하게
똥똥 거린다

팽목항

차마 갈 수 없었던 곳
차마 볼 수 없었던 곳

반도의 끄트머리
반도의 들머리

꿈이라구
꿈이야
깨면 된다구

봄은 왔는데
꽃은 피지 않고

하는 일

니들이 고개 숙여
사과한다꼬
해결될 일이냐
이미
빠져나갈 것들
다 빠져나간
주민번호, 카드 정보
이젠
보이스피싱만 남았는디

내 탓이요

누가
누구를 탓할 수 있을까
누가
누구에게
돌을 던질 수 있을까

목구멍이 포도청이라

쉿!

오늘도 잘 참았습니다

목구멍이 포도청이라

개 같은 날의 연속이지만

속에선 울긋불긋

목울대를 자극하지만

침을 삼키며 주먹을 펴고

어금니를 깨물며

하고 싶은 말 갈아 삼키고

참았습니다

아, 훌륭한 하루

아, 죄스러운 하루

정말 힘들 때

많이 아플 때

그땐 할 말을 해야겠다

그렇지 않기를……

엄마 손

"아이구 남살스럽게
왜 자꾸 내밀랴
뭣 한다구"
많이 잡아주지 못한
앙상한 손
세상 못한 일이 없는
장한 손
이 손 하나면
세상 걱정이 없다던
엄마
밥숟가락 들기도
힘들다는 당신의
손을 응원합니다
사랑해요 엄마

그냥

너,
그거 알아?

아무 때나
듣고 싶은
목소리가 있어

그게 당신이고
바로,
지금이야

밤마다 절로 가는 사내

갱년기 아내는
밤마다
사내를
절로 내몬다

아 쫌
절루 가라고
여기까지

경계를 넘지 못한 채
목탁만 친다

불확실한 세상

불확실한
세상살이

이번이 마지막이다

에이 그래두
일확천금
꿈꾸다

누군 죽고
누군 살고

세상 사는 게
다 그려

살다 보면

날씨처럼
궂은날도
밝고 화창한 날도
있어야

너무 조급하게
맘먹지 말구

매사 고맙고
감사하게 베풀고

나누고 살어야
먼저 숙이고

먼저 감싸 안고
그러면 돼야

아들아

네가 가지지 못한 걸

남이 가졌다고

부러워 마라

너보다 더 여유롭지

못한 사람은
널
부러워할 게다

섬

안개 속
없어졌다가도
언뜻 나타나
희망을 준다

안개

한 치 앞을
볼 수 없는
세상
하나씩 풀어내는
신세계

세월이란다

눈 감아 봤냐

눈 떠 봤냐

잠깐이더라

끝난 방학, 밀린 일기

말썽꾸러기 녀석

똥 마린 강아지처럼 끙끙댄다

며칠 전을 오늘로 써놓고

생각 안 나 절레절레

하품 나와 잘래잘래

졸린 눈 부비고

한 자 두 자

마음도 삐뚤삐뚤

별 재미없어도

참 재밌었다 끝

그보다 더

엉큼한 문자

참 잘했어요

선생님도 시침 떼겠지

배운 건 내숭인가

상상력인가

비 온다던 하늘은 멀쩡하다

세상살이

아는 것보다
알아야 할 것이
더
많은 세상

그게 사람이란다

때때로 쉼 없이
상황에 따라 바뀌고

쉬 변하잖아

그땐 다 알 것 같고
뭐든 다 해줄 것 같지

그땔 벗어나면 잊어버려

믿지 마라

마음 안으로

너는 내 안으로

나는 네 안으로

나,

너,

우리,

서로 잘 익어간다

정이랍니다

길다면 길 수 있고
짧다면 짧을 수 있는
글 속에 당신의 마음이
고스란히 내려앉아
가슴을 먹먹하게 합니다
영화가 끝난 후 자리를
뜨지 못하는 객석의 관객들처럼
안개 자욱한 아침 창가에서
한 편의 영화를 보고 차마
일어서지 못함은 당신이 간직하고 있는
아버지에 대한 지극한 애틋함이 아닐는지요
누구나 에미 아비로 살며 그 순간을 느끼지 못했을까요
아, 가슴이 저려옵니다

민들레 홀씨 하나

스물네 해 전 세상에 마실 나온 홀씨 하나가 남자라는 대지를 만나 가정을 이루려는 사랑하는 딸 윤희야

아버지가 부재라는 시대에 아버지가 되려는 사위 희단아 아버지가 된다는 것은 무엇을 의미하는지를 말하고 싶었다

뭐든 영원한 것은 없단다 오늘 너희가 부부로서의 연을 맺지만 살다 보면 지금의 마음을 잊고 산다 그것은 누구에게나 똑같았을 것 같은 생각이 드는구나 잘 살아라! 이렇게 살아야 한다, 라는 식의 당부는 하지 않으련다

지금 이 자리에 서기까지 너희들이 겪어왔던 것들보다 앞으로 너희들이 헤쳐나가야 할 것들이 많다 그러니 아무리 아웅다웅 티격태격 거리더라도 너희들이 이 자리 어떻게 서게 되었는지 어떻게 부부의 연을 맺게 되었는지를 항상 지금의 마음, 첫 만남의 설렘으로 서로를 배려하는 마음이 먼저이면 세상 그 무엇이 너희를 힘들게 해도 능히 그것을 이겨내리라 믿는다

아무리 시간이 지나도, 농사의 법칙은 변하지 않았다

농작물이 자라고 성숙하기까지는 땅을 갈고 씨를 뿌리고 잡초를 뽑아주고 물을 주어 자라도록 해왔다

가정도 마찬가지라고 생각한다 풍성한 결실을 맺기 위해서는 농사의 법칙을 따라 아무것도 두려워하지 말고 오로지 정성을 다하여 풍성한 열매 맺기를 위한 발걸음을 성큼성큼 앞으로 나아가거라 너희들이 말하고 정으로 언약한 사랑과 믿음을 바탕으로 너희들의 가정을 위해 언제나 한결같은 마음으로 최선을 다해라

너희는 양가의 첫 희망이다

지금까지 함께한 부모님과 가족들의 마음을 절대 잊어서는 안 된다

아비는 너희를 믿는다

너희 두 사람이 양가를 바탕으로 새로운 가정을 꾸리는 날 잘 될 것이라 굳게 믿는다

사랑한다 사위 희단아, 사랑하는 딸 윤희야!

커가는 소리

윤아 시방 뭐 하는디
예워니 규워니 혜원이 또또 희로랑 논다
뭐 하구 논다냐

뎅굴뎅굴
둥글둥글 뎅굴어
대굴대굴 굴렁굴렁
굴러 굴러 한 뼘 두 뼘

예원이 규원이 혜원이 희로 여원
커가는 소리

알 수 없어요

내가 너를 안다는 거
네가 나를 안다는 거

그토록 뜨거운
시간이지만

순간이었구나

아들아

아들아

빨강 신호등엔

길

건너지 마라

연필네 식구들

키다리 연필네 식구들
분홍 필통 집으로
이사를 왔어요

아기들과 엄마아빠
시끌벅적 울고 웃는
연필네 작은집

화가를 꿈꾸는 도빈이를 만나
날마다 키가 작아지는
연필네 식구들

키가 작아져도
집이 넓어졌다 기뻐하는
마음씨 고운
연필네 식구들

비 오는 날

비 오는 날
논둑길
걸어보셨는지
조심조심
아기 걸음
걸어야 합니다
자칫
한눈팔면
풍덩! 입니다

낡은 것은 다 요란하다

사람이구
자동차고
빈 수레가 그렇고
오래된 카세트
더
요란하다

똑같이 보고 다르게 말했다

일하고 싶다
희망이 절망인 세상
가장으로 할 수 있는 책임

말하고 싶다
그래요 하시고 싶은
이야기가 많으실 거예요

또한 하고 싶은
말 많아요

같은 말인데 다른 언어로
서로
상처는 주지 말자고요

봄, 출석부

봄,

그

숲에선

출석부가 필요 없다

때가 되면

부르지 않아도

얼굴을 내미는

깽깽이

얼레지

노루귀

사랑스럽다

제2부

우리는

아직은
우리가

그저 그런
사인가요

얼마나 더 기다려야
그대를 받아들일 수 있나요

그대
정말 좋은데

얼마나
그리워해야
할까요

겨울나무

홀로 있어도 외롭지 않고

눈밭에 있어도 춥지 않은

하늘과 땅을 품은

사랑 1

말하지 않아도
그냥 보면 알 수 있다

해찰하다

아이구 지랄아

봄내

여름내

뭔 해찰하다

한로 상강 다 지나

꽃을 폈다냐

된서리 맞아

좋은 건

모과뿐인디

씨앗은 보겄냐

배추

엄마 품처럼 넓고
엄마 속처럼 꽉꽉 찬
엄마 피부처럼 하얀 속살
겨우내 든든한 먹거리
여럿이 김장해
함께 먹어 좋다

가을 향기

이른 봄

널

볼 수 없었어도

지난가을

떨군 향기로

널

만난다

빈 산

봄
오기 전
빗물에
샤워 중인
빈 산

참꽃

봄내 잎 키우고
여름내 줄기 키우고
그
끝에
꽃 하나 얹었다
오다가다
누가 봐주면 좋고
안 봐줘도 그만인 꽃

가을엔

바람에
흔들리다가도
잠자리 한 마리
날아와 쉬어가자
청하면, "그래"라며
꽃도 줄기도 내어준다
가을엔 꽃도 줄기도
넉넉하다

꽃은 1

꽃은

그 계절

그 자리

피고,

지고,

난다

꽃은 2

어느새
꽃은 꽃대로
풀은 풀대로
제 본분으로
싹을 틔우고
꽃을 피우고
열매를 맺고

자연은
시간을 거스르지 않는다

꽃은 3

꽃은

그렇게

온몸으로

계절을

밀어 올린다

봄바람

새색시 볼 같은

분홍 봄바람

슬쩍슬쩍

들춰보는

치맛자락

사랑 2

얼마나
많은 시간을
기다리고
견디고
견뎌내야
얻을 수 있을까요

제3부

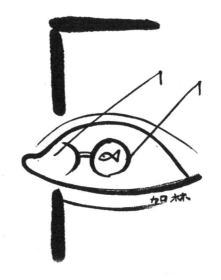

자기 죄

자기 지갑을
잃어버리고

"괜히
남을 죄짓게
만들었다"는
밝음 최병호

아름다운 사람

잠시 맡은
진행 프로그램을
마치며
불청객이라
하지 말고
작은 선물이라
생각해 달라는
고민정 아나운서

가을 단풍

단풍처럼
아름다운
엄정자

계룡산은
당신으로
단풍 들고

당신으로
세상은
환해집니다

삶류 작가

깎고
파고
찍고

풍류를 아는
삶류 작가

온몸으로
밀어낸
뜨거운 돌

공재

곳간이 큰 아줌씨

거둬야 할
식구가 많은
손 큰 양반

퍼주고
싸주고
나눠도
항상 배부르다는
곳간이 큰 옥순 씨

두화마을 와초

"군사들 거느리고
다니느라
고상이 많구먼 그랴"

걸었노라 고향길
그건 사랑이었다
행복했다

고마워유
감사해유
황무지 논산
봄꽃 천지유

영원한 논산사람
두화마을
박범신
사랑해유

전일갑 풍류전

바람에 펄럭이는
참새들이
세상 구경 나온 날

반야산
비탈길
팔십의 전일갑 옹
달력을 화선지 삼아
마실 나왔다

복잡한 인생살이
먹어야 산다

아무거나
덥석덥석
먹어서는
절대 안 된다

행복한 여자

파평 윤씨 종부 아닌 종부
정미소집 통 큰 아낙
기쁨도 받아들이고
슬픔 스며들게 하는
웅숭깊은 사람
세상
뭔 줄 알고
느끼고 즐기는
젤로 행복한 여자
강정애
아름다운 그를 난
좋아한다

자석 같은 사람

그댈 보면 한없이
빠져드는 매력
그 매력 어디에서 와유
참 멋진 사람
그댈 보고 있으면
자석에 끌리듯
끌려들어 갑니다

그댈 보고 있으면
어찌 그리 부드러운지
스며들 것 같습니다
그런 당신에게 빠진
촌놈은 그대 곁에 가유

가슴 설레게 하는 사람

보고 싶었던 그댈

못 보고 온 아쉬움

가끔은

누군가 생각날 때

그 누군가가

당신이어서 참 좋다

거기에 가면

볼 수 있다는

생각만 해도

가슴 설레게 하는

당신

꽃피는 느낌의 사람

한 없이
살가운
사람이 있다

꽃피는
느낌
전지현

가을 냄새 같은 사람

비에서

가을 냄새가

난다

그가 왔다

유진 안

소중한 사람

누구보다
자상하고
진실한 사람
나이가 드니
흔한 선물이나
이벤트보다
함께 걸을 수 있는
세월이 좋은
선물인 걸 알았다

성은 마, 이름은 누라

좋은 사람이 생겼다
그토록 원했던 사람이다
그를 위해 내 전부를 걸었다

평생을 함께할 사람
내 모든 걸 줘도 아깝지 않은
그녀
세상 모든 사람이 미쳤다
손가락질해도
난
그녀가 좋다

어쩔겨 내가 그에게 반했는데
성은 마, 이름은 누라
안 그래요
누라 씨

홀로서기

배꼽이 떨어졌다
이제부터
규원이
홀로서기다
사랑한다
규원아

엄마가 된다고

네가 엄마가 된다고
엄마를 알 수 있을지

엄마는
그냥
엄마가 아니라는
사실을
시간이 많이 지난 뒤
알 수 있겠지
그때도
엄마가 계실까

엄마가 아프다

갈수록 야위어
골 깊은 주름
굽은 허리
앞니 빠진 중강새
불편한 거동
매일매일 까먹는 일상

100일 지나
목도 가누고
꼿꼿해진 다리
예원이 규원인
하루가 다르게
영악해진다

하루하루
저승길 가깝단
할머니

하루하루

살길 먼 애들

애들은

할머니 말 배우고

할머닌

애들 말한다

통한다는 거

뉴스 첫머리

말 많은 세상
소통이 화두다

상대방
이야기 듣고
끄덕이고
맞장구쳐주면 되는데

바보
그것도 못 하면서

언제부터

우린
고양이를 보면
나비야 부르고

강아지 보면
메리와 워리라
했을까

백팩이 유행하는 이유

너

요즘 빽(백)팩이 유행하는 이율 알아?

아니 몰라

그러니까 네가

그 모양 그 꼴이라고

바보야

우리 사회는 빽(백)이 있어야 해

뒷심 말야

그러니까

너나없이

빽(백)팩을 한다고

인연

아름다운 인연 하나
새깁니다
돋을 이름은
전 · 계 · 만
삼백예순날
한결같은
그 사람
참 좋습니다

비언소

받아
꿀꺽 삼키고
먹었지 안 먹었어의 공방전
말다툼이 길면
고통도 길다
거짓말탐지기보다 더 정확한
우리 집 뒷간
수박 먹은 다음 날
수박씨가 코를 쥐고 있다

현상수배

국민을 속이는 정치인

생계 잃은 노동자들 강제해산 시킨 이

돈만 보면 희번덕거리는 이와

돈이면 다라고 생각하는 이

시민들이 맡겨둔 돈 맘대로 하는 이

부실 공사 하는 이

먹는 것 갖고 장난치는 이

성실히 사는 사람 물 먹이는 이

교통질서 안 지키고

뇌물 주고받는 이

인적사항이나 연락처 아시는 분

후사하겠습니다

연락처: 010-3206-7340

인생 곡선

생각지도 못했던

시간이

갑자기 다가왔다

살아온 만큼

채워지는 공간

우여곡절이 많은

그래프 연대기 앞에

삶은 도돌이표가 된다

이게 아닌데

이게 아닌데

퍼즐 맞추기보다

더 어려운

널뛰기 삶

노을

어이구
저
저
넘어가는
해 좀 봐
미치고
환장허겄네
암만
논산이
아니구서는
볼 수 없지
오죽하면
놀뫼라고 했겄어
안 그려?

마당 소극장

건일이와 종욱이가
또
일을 저질렀다

한바탕
놀 수 있는 마당
함께 어울려
흥이 절로 나는 마당
마당이 있어 좋은 날

탐미주의자

벌

벌벌
떨면서

꽃을 탐하다

눈물 나게 서러운 꽃

툭

ㅌ ~ ㅜ ~ ㄱ

한겨울

꽃이 진다

눈물 나게 서러운

눈꽃

봄비와 새싹

온종일
그렇게
사분사분
내 마음을 흔들고

봄비는
내
입술을
훔쳤다

잊지 않으마

아가야
네
삶은 끝이
아니란다

피어나라
다윤아
은화야

피 · 어 · 나 · 라
은화야
다윤아

모두의
가슴에
지지 않는
꽃으로

어떤 사랑

바보
사랑이 어떻게 변하냐구
그럼
사랑은 변해야 하지
어떻게 그게
사랑이냐

사랑
얼마면 사냐구
그런 소리 마
너는
사랑 몰라
사랑을
어떻게 거래해

너만 모르는 갑다

어째 이 지경이 됐어두
외눈 하니 꿈쩍 않냐구
사람이 얼마나 독하면 그랴
남 아프게 하면
제 속은 또 얼마나 아프다구
모르것다
이게 어제오늘 일은
아니다만 서두
이렇게 힘들게 하면
보는 이는 얼마 속이 터질까나

서정춘

거미 똥구멍같이

아름다운 사람을

훔쳤다

안경 너머

선한 눈빛

주름잡던 시간만큼

굵은 주름

봄! 꽃이다

선생님 나이는 장난꾸러기

점심시간

앞질러 가던 진우

다가와

선생님 나이는 몇 살이에요

나

열 살이라 했다

한 녀석이 웩

또 한 녀석은 헐

다른 녀석은 대박 하며

선생님 나이는

이랬다저랬다

장난꾸러기란다

그땐 몰랐지

숨이 턱 막혀

질식할 것 같은 한증막

뜨거운 대중탕 욕조에

알몸 담그고

어이구 시원하다

하시던 말씀

그땐 몰랐지유

한겨울 곰탕집

후 후 후 국물

드시며 어이구

시원하다 하시던 말씀

그땐 몰랐습니다

푸짐이 아줌마

산막이옛길 가는
10호점 가게
아주머니는 푸짐이란다
뭐든 더 못 줘서 안달 난
통 큰 아줌마

가끔 친구들이
산막이길 어떠냐 물을 때마다
아이구 야야
나는 그 길 땜에 먹구 사는디
그 질은 안 가봐서 몰라야
그렇게 한가한 줄 아남

그게 푸짐이 아줌마다
첨 본 사내에게도
스스럼없는
산막이길 10호점
푸짐이 아줌마 볼 때면

삶이 아름답다

4월의 눈

4월 어느 봄날 밤
잠결에 부스스 깨어
문밖의 환한 모습에
소스라치듯 놀라
소녀는 말했다
엄~마아 엄~마아 아~빠아
밖에 눈이 와요
마당에 눈이 쌓였어요
잠결의 그 소녀를
홀린 그 누~운
목~련

살구

니도 살구
내도 살구
맛나게
잘
익었다

가오리연

가오리
한 마리
구름을 뜯고
하늘로 오른다

백두산 천지
태극기 꽂고
무궁화 심으러
하느님께
삽 빌리러

정

순찰 시간

1학년 교실에서 만난 정

얘들아

새로운 친구가 전학 왔단다

기쁘지

어떤 인사를 하면 좋을지

직접 해 보렴

텅 빈 교실을 지키는 애틋한 마음

조아영 선생처럼

환한 햇살 붉게 탄다

삶의 긍정성이 주는 선물

최준

삶의 긍정성이 주는 선물

최준
(시인)

김종우 시인의 시집 『사람을 훔쳤다』는 자신을 부려놓은 삶의 이야기들로 채워져 있다. 바다 건너나 우주로까지 아주 멀리는 나가지 않고, 마음과 몸이 견디며 바라볼 수 있는 가시거리 안쪽에서 시의 뿌리를 캐낸다. 거기에는 자연이 있고, 이웃이 있고, 시대 현실이 두루 드러나 있지만 시인은 이 모든 대상들을 부정보다는 긍정의 시선으로 바라본다. 한 사람의 눈이 곧 그의 마음과 통한다면 이러한 시인의 시작법은 전략이나 소신이 아니라 타고난 천성에 한결 더 가까운 듯하다.

시인은 자연과 인간을 말할 때도 그렇지만 심지어는 현실을 비판한 시들조차도 유머와 해학으로 일관한다. 이럴 때 시는 자칫 현실보다 한 걸음 더 내디디기가 쉬운데 시인의 시편들은 이런 유혹의 함정으로부터 가지런히 벗어나 있다. 살아온 연륜에 사고의 힘이 덧대어져 한 발짝 떨어진 거리에서 객관을 견지한다.

시집에 실려 있는 대다수의 시편들이 자연과 인간을 노래하고 있다는 사실은 시인의 경험이 주는 모종의 혜택과도 같다. 시인은 자신이 겪고 걸어온 길 위에서 만난 대상들을 진심으로 사랑한다. 이러한 시인의 인식에 시간(세월)에 대한 문제는 아주 중요한 기제로 작동한다. 지난 시간(세월)이 안타깝고 허무하다는 의미도 되겠으나, 시인의 시들은 역설적으로 소중한 기억으로 읽힌다. 분량이 아니라 마음으로 체감하는 시간이다.

눈 감아 봤냐

눈 떠 봤냐

잠깐이더라

　　　　　　　　　　　　　　　 ―「세월이란다」 전문

내가 너를 안다는 거

네가 나를 안다는 거

그토록 뜨거운

시간이지만

순간이었구나

　　　　　　　　　─「알 수 없어요」 전문

　예시한 두 편의 시는 매우 짧은 형식을 띠고 있다. 마치 선
시나 일본의 하이쿠를 대하는 듯하다. 이들 시와 더해서 시집
에 실린 시들은 대부분이 단시이다. 말을 극도로 줄이면서 의
미를 확장하는 방법이다. 행간엔 생략된 언어들이 허공을 이
루고 있다. 독자는 그 허공마저 읽어내야 한다. 어려워서가 아
니다. 온전한 감상을 위해서다.
　눈 한 번 감았다 뜨는 그 시간이 "순간"이다. '찰나'라고도
하는 이 짧은 시간은 물리적인 시간을 의미하지 않는다. "잠
깐"과 "순간"을 이야기하고 있는 두 편의 시는 기둥만 세워져
있다. 지붕을 씌우고 벽을 쌓는 일은 독자의 몫이다. 인생론적
인 두 편의 시는 김종우 시인의 가치관이나 철학을 드러내지
만 '인생이 짧다'는 단순한 의미로 읽히지 않는다. 여기엔 결
코 짧지 않은 생시가 내재되어 있다. 길고 짧음과 생이 만날
때, 사람에 따라서는 무한도 되고 순간도 된다.
　모든 생애에는 공평한 "시간"이 주어진다. 이건 물리적인
시간이다. 이 물리적인 시간을 짧게 느낄 수도 있고 길게 느낄
수도 있다. 지난 삶이 순간을 지나쳐 왔다고 여길 수도 있고

한없이 길었다고 여길 수도 있다. 어떤 이는 지난 삶의 시간대로 돌아가고 싶어 하고 다른 어떤 이는 돌아가고 싶지 않다고 말한다.

위에 예시한 두 편 시의 화자는 "잠깐"과 "순간"으로 자신의 지난 삶을 바라본다. 깨달음과 다름 아닌 이러한 삶에 대한 성찰은 현재로 소급된다. 돌아갈 수 없는 지난 시간은 반성과 후회로 남지만 아직 살아 있는 나는 현재의 삶에 최선을 다할 수밖에 없다. 그의 시선은 자신이 처한 현실을 응시하며 그 현실을 떠나서는 살 수 없다는 자각에 이른다.

이대로는 안 된다

도대체

왜들 이러십니까

미봉책

사후약방문

백년하청

열 길 물속은

알 수 있다 해놓고

거짓말

한 치 앞도 안 보여

수색이 어렵다고

야~ 뭐는 쉽냐

—「뭐는 쉽냐」 전문

　시를 읽으면 멀지 않은 과거에 겪었던 어떤 불행의 순간을 어렵지 않게 떠올릴 수 있다. 침몰한 세월호 얘기다. 수학여행 가는 길에 침몰하는 선체에 갇혀 수장당하는 아이들과 승객들을 우리는 그저 티브이 생방송으로 아프게 지켜볼 수밖에 없었다. 그 안타까움은 배가 바닷속으로 자취를 감추면서 수심보다 깊고 캄캄한 절망으로 바뀌었다. 그리고 분노했다. 나라는 난리가 났고, 이 땅의 많은 시인들이 추모시를 썼다. 아픔이라는 말로 단순하게 넘겨버리기에는 너무도 허황한 슬픔이었다.

　시의 화자는 침몰한 배의 사후 처리에 대해 말하고 있다. 분노가 항의의 방식으로 표출되었다. "미봉책"은 '임시로 꾸며대어 눈가림만 하려는 대책'이다. "사후약방문"은 아픈 이가 이미 죽은 뒤에 때늦은 처방을 하는 것을 말한다. 한마디로 아무런 소용이 없는 짓들이라는 의미다. 세월호가 침몰하고 대중들의 슬픔이 분노로 바뀐 이유다. 화자가 분노하는 건 침몰의 원인이 아니라 사고 이후이다. 물론 사고를 예방하지 못한 책임을 묻는 "이대로는 안 된다"는 전제가 있지만 이는 사후와도 접합을 같이한다.

　아직도 원인이 규명되지 않고 있는 십년 전의 아픔을 시인은 언제 쓴 것일까. "뭐는 쉽냐"는 반문은 삶을 살고 있는 화자

가 살아 있으니 경험하지 못한 죽음의 세계에 대한 살아 있는
자의 아픔에 다름 아니다.

　　차마 갈 수 없었던 곳
　　차마 볼 수 없었던 곳

　　반도의 끄트머리
　　반도의 들머리

　　꿈이라구
　　꿈이야
　　깨면 된다구

　　봄은 왔는데
　　꽃은 피지 않고
　　　　　　　　　　　　　　　　　　　—「팽목항」전문

　시인은 세월호 침몰 사고가 일어난 팽목항을 잊지 못한다.
"꿈이라구/ 꿈이야/ 깨면 된다"고 말하는 그 심정은 가능하지
않다는 걸 알면서도 비극적인 사고 이전으로 현실을 되돌리고
싶다는 간절한 바람이다. "차마 갈 수 없었"고 "차마 볼 수 없
었던" 사고 현장은 "봄은 왔는데/ 꽃은 피지 않"는 아픈 기억

의 계절로 되풀이된다. 다시 봄이 와도 잊히지 않는 봄은 행복하지 않다. 살이에는 이렇게 아픈 기억도 끼어들어 있기 마련이다. 시인은 아픔을 노래하지만 이 아픔마저도 여정의 일부라 여긴다. 부정과 부조리를 말하면서도 그 바탕에는 '삶이란 그런 거라는' 긍정이 깔려 있다. 그게 설사 행복이 아닌 불행이라도, 우리가 겪어야 하는 여정의 하나라 여긴다. 아프지만 긍정이다. 이미 일어난 사고인데 그럴 수밖에 다른 도리가 없기 때문이다. 다만 분노하는 건 예기치 않은 죽임을 당한 이들의 생에 대한 살아남은 자들의 최소한의 예의다. 시인이 그걸 말하고 있다.

사투리의 구사도 눈여겨 볼 지점이다. 언제부터인가 지면에 발표된 시들에서 사투리를 찾아보기가 어려워졌다. 사회의 중심 활동축이 표준어 세대로 바뀐 게 원인이겠지만 아직도 지방에는 흔적처럼 사투리가 남아 있다.

    할머니는
    밤이라
    가르쳐 줬는디
    선생님은
    뱀이란다

                    —「사투리」전문

윤아 시방 뭐 하는디

예워니 규워니 혜원이 또또 희로랑 논다

뭐 하구 논다냐

뒹굴뒹굴

둥글둥글 뒹굴어

대굴대굴 굴렁굴렁

굴러 굴러 한 뼘 두 뼘

예원이 규원이 혜원이 희로

커가는 소리

—「커가는 소리」 전문

아이구 지랄아

봄내

여름내

뭔 해찰하다

한로 상강 다 지나

꽃을 폈다냐

된서리 맞아

좋은 건

모과뿐인디

씨앗은 보것냐

　　　　　　　　　　　　　―「해찰하다」 전문

　　마당극을 보는 듯하다. 사투리의 정감은 지방색이 아니라
고유성이다. 사투리 세대인 할머니와 표준어 세대인 선생님의
"뱜"과 "뱀"은 분명 같은 의미이지만 발음상으로는 상이하다.
사투리는 풍자와 해학에 적합하다. 정서적으로 생활에 배어든
'맛'이 있기 때문이다. 지역마다 음식 문화가 다르듯이 사투리
에는 특유의 감칠맛이 있다. 시인은 고향 사투리를 의도적으
로 시에 차용함으로써 지역의 토속성을 돋을새김 한다. "시방
뭐 하는디" "뭐 하구 논다냐" "아이구 지랄아" "꽃을 폈다냐"
"모과뿐인디/ 씨앗은 보것냐" 등의 표현들에는 시인이 살고
있는 충청도의 냄새가 짙게 배어 있다.

　　풍자와 해학은 김종우 시인의 시가 갖고 있는 특장이다. 심
각한 이야기마저 짐짓 농담으로 눙치며 애어른처럼 눈 가느다
랗게 뜨고 뒷짐 진 채 세상을 넌지시 바라본다. 건너다본다.
대상과 화자와의 거리는 일정하고 보폭은 경쾌하다. 기교 부
리지 않고 할 말을 콕 찍어 내어 '내가 하고 싶은 말은 이거야'
하며 단도직입적으로 꺼내 놓는다.

　　살아보니 산다는 게 별 것 아닌 건가. 어쩌면 시인은 굽이굽
이를 지나 여기까지 오는 동안 자신을 어느 정도 세상과 이격
된 자리에 부려놓은 듯하다. 모나지 않고 더불어 사는 이웃과

정을 나누며 사랑을 주는 걸 행복으로 여긴다. 아는 이들의 얼굴을 떠올리면 그들의 장점만 보인다.

자기 지갑을
잃어버리고

"괜히
남을 죄짓게
만들었다"는
밝음 최병규

— 「자기 죄」 전문

배꼽이 떨어졌다
이제부터
규원이
홀로서기다
사랑한다
규원아

— 「홀로서기」 전문

거미 똥구멍같이
아름다운 사람을

훔쳤다

안경 너머

선한 눈빛

주름잡던 시간만큼

굵은 주름

봄! 꽃이다

—「서정춘」 전문

산막이옛길 가는

10호점 가게

아주머니는 푸짐이란다

뭐든 더 못 줘서 안달 난

통 큰 아줌마

가끔 친구들이

산막이길 어떠냐 물을 때마다

아이구 야야

나는 그 길 땜에 먹구 사는디

그 질은 안 가봐서 몰라야

그렇게 한가한 줄 아남

그게 푸짐이 아줌마다

첨 본 사내에게도

스스럼없는

산막이길 10호점

푸짐이 아줌마 볼 때면

삶이 아름답다

—「푸짐이 아줌마」 전문

니도 살구

내도 살구

맛나게

잘

익었다

—「살구」 전문

봄

오기 전

빗물에

샤워 중인

빈 산

—「빈 산」 전문

예시한 시들은 관념이 아닌 실재하는 시인의 지인들과 주변

에서 흔히 볼 수 있는 사물들을 대상으로 한다. 이들 시들이 갖는 공통점은 긍정성이다. 모두冒頭에서 이미 말한 바 있지만 이런 저력 지면에 실려 있는 시를 읽다보면 현실을 살아가는 현대인들이 과연 행복한가 하는 의문을 갖게 된다. 자의식은 어두운 골목 구석에서 웅크리고 있고, 사회 부조리는 신도심의 불빛보다 휘황찬란하다. 문명의 보호막으로 시간을 극복하고 생활은 여유로워졌으나 이건 어디까지나 외형일 뿐이다. 우리는 저마다가 되어 혼자 외로운 존재들이다. 선과 악의 극한 전쟁이 계속되고 우리는 그 어느 한편에 서서 자신의 생존을 위해 목숨을 건다.

그런 현대인에게 김종우 시인의 시는 위안과 희망을 준다. 시인의 시들에는 현실이 아무리 살벌하고 팍팍해도 그래도 살아볼 만하다는 자기 토닥임이 있다. 시를 두고 문학성을 따지는 노릇이 무슨 소용인가. 시에 이론이 왜 필요한가. 애꿎은 독자가 시를 이해해 보려고 왜 머리 아파야 하는가. 사철 시린 가슴에 따스한 불씨 하나 심어주고, 아프지 말라고, 일상에 지친 귓전에 위로의 말 한마디 건네고, 작고 여린 것들의 소중한 가치를 발견하고 사랑하는 마음을 보여주는 일. 시는 그러면 된다.

김종우 시인의 시들은 현대시가 잃어버린 정서를 복원하는 데 한 삽을 더한다. 파워엔진을 장착한 굉음의 포클레인이 아니라 한 삽 한 삽 손으로 땀 흘려 일구어야 하는 모종삽이다.

시인의 시를 감상하는 동안 기분이 한 옥타브쯤 가벼워졌다.
시의 경지가 아닌 인간의 경지다. 그의 시들은 인간의 경지에
이른 시인의 긍정성이 던져주는 귀한 선물에 다름 아니다. ▨

| 김종우 |

충남 논산 출생. 1994년 『창조문학』 신인상으로 등단하였으며,
시집으로 『시골학교』, 『사람을 훔쳤다』가 있다.
현재 한국문인협회, 한국시인협회, 충남시인협회,
문학모임 '그냥' 회원으로 활동 중이다.

이메일 : jok61@naver.com

사람을 훔쳤다 ⓒ 김종우
────────────────────
초판 인쇄 · 2021년 7월 7일
초판 발행 · 2021년 7월 12일

지은이 · 김종우
펴낸이 · 이선희
펴낸곳 · 한국문연

서울 서대문구 증가로 31길 39, 202호
출판등록 1988년 3월 3일 제3-188호
대표전화 302-2717 | 팩스 · 6442-6053
디지털 현대시 www.koreapoem.co.kr
이메일 koreapoem@hanmail.net

ISBN 978-89-6104-290-1 03810

값 10,000원